비 갠 아침

비 갠 아침

反詩시인선 002

김우태 시집

시와반시

시인의 말

가을 아침, 산길을 호젓이 걷는다.

헐거워진 나뭇가지 사이 하늘이 시리도록 푸르다.

뒤를 돌아본다.

생의 한 모퉁이를 돌아가는 지금에야 문득 깨닫는다.

모든 발자국은 사라지고 결국 길만 남는다는 것을…

깊고,

조용하고,

조금은 쓸쓸한 저녁에 닿기까지

비린 바람 속을

그대가 풍경으로 다가올 늦은 햇볕 속을

좀 더 걸어야겠다.

2017년 가을, 남해에서

김우태

차례

- - - - - - - - - - -

2부

3부

4부

1

비 갠 아침

비 갠 아침
어머니가 울타리에
빨래를 넌다.
간밤
논물 보고 온 아버지의 흙바지며
흰 고무신
천둥 번개에도 꿈 잘 꾼
손자 녀석 오줌바지
구멍 난 양말들이
햇살에 가지런히 널려간다.
쪼들리는 살림일수록
빨랫감은 많아
젖어 나뒹굴던 낱낱의 잡동사니
가렵고 눅눅했던
이불 속 꿈들이
줄지어 널려가는 울타리에
오이순도 넌출넌출 감겨 오른다.
빗물 빠진 마당가엔

풀새들이 눈을 뜨고
지붕 위 제비 떼 날개 말리는
비 갠 아침
어머니가 빨래를 넌다.
꺾인 팔은 바로잡고
꼬인 다리는 풀어주며
해진 목덜미
닳은 팔꿈치
오므리고 다독이면서
새옷보다 깨끗한 빨래를 넌다.

白紙 앞에서

(백지는 나의 戰場이요, 寺院이니
鐘이 울리면 詩人은 죽고
神은 백지 속에
영원히 詩의 秘意를 감춰 두리라)

시가 내리지 않는 백지는 절벽보다 캄캄하다.
새가 깃들지 않는 숲이 사막보다 적막하듯이

모래시계가 열두 번,
사막의 밤을 뒤집을 동안
한 발짝도 나아가지 못하고 떨고 섰는 낙타야!
잔뜩 짐을 진 너의 잔등은
허물어진 사원의 종루鐘樓처럼 힘겹게 솟아 있구나.

어서 가자, 산정山頂의 눈이
촛농처럼 녹아내리기 전에
젊은 날 눈부심에 무릎 꿇던 말씀의 봉우리들에
마지막 인사를 드려야 한다.

그리고 깨끗이 패배를 받아들여야 한다.
돌이키면 한 줄기 섬뜩한 광채뿐인 이 전장戰場에서
나는 얼마나 많은 말들 피 흘리게 했던가.

두렵구나.
이 한기寒氣가 두려워서
감히 숨조차 내쉴 수가 없구나.
모래바람 이는 백지 앞
마른 침을 삼키고 섰는 낙타야.
이렇듯 끈질기게 나를 불러세워 놓고
몸서리치는 고요에 얼굴을 파묻게 하는 이 누구시냐.
두렵구나.
이 고요가 두려워서
홀로 자리를 지킬 수가 없구나.

그러나 지금은
홀로 사무칠 시간.
오직 두려움으로 감당해야 할 사위四圍의 고요에
숨구멍을 내고
불 같은 혀를 봉인封印해야 한다.

낙타야, 조금은 천천히

절망을 씹으며 가자.

저기 절뚝이며 따라오는 순례巡禮의 대열이

두려움에 낙오하지 않도록

우리가 진정 두려워해야 할 것은

말을 잃는 것이 아니라 두려움을 잃는 것!

두려움이야말로 우리가 마지막까지 함께해야 할 반려伴侶.

진눈깨비 날리는

먼 먼 하늘 밑,

입 안 가득 모래를 씹으며

젊은 구렛나루의 탈레반 병사는 지금도 국경을 넘고 있을 것
이다.

그러니 절망을, 한 번 더 절망하자.

더 이상 기도가 닿지 않는 하늘과

눈길 한 번 던지기만 해도 피가 도는 사막을

신의 이름으로 싸우는 모든 군대와

평화의 이름으로 펄럭이는 모든 깃발을

그리하여, 다시

시의 이름으로 시를

사랑의 이름으로 사랑을

생명의 이름으로 생명을

농락하는 저 털복숭이 말들을 절망하자.

낙타야, 이제 짐을 부리자!
너는 너무 오랫동안 가망 없는 인간들의 짐을 날랐다.
바늘구멍 앞에서
너의 혹은 너무나 가혹한 형벌.
아직도 천국에 들려하느냐?
그러나 천국의 길목은 부자들 차지가 된 지 오래.
우리가 가질 것은 저들이 구겨 던진
휴지조각 같은 두려움 뿐.
나는 도리어 목을 뽑아 하늘을 응시하는
너의 그 머룻빛 눈망울이 두렵구나.

나의 낙타야, 어서 가자.
이 밤의 패배, 이 두려움을
지친 잠에 빠져 있는 종지기에게 전해야 한다.
허나 묻지 마라!
무슨 말로?
어떻게? 이 밤을 전할지는,
나는 이미 쫓기는 자의 눈빛을 노래하길 맹서한 시인.

새벽이 이마에 차다.

절망할 시간조차 얼마 없다.
그러나 시인의 담대한 패주敗走는
모래폭풍 앞을 나는 새처럼
쫓기면서 쫓기면서 앞질러 사막을 건너는 법.

어디서 깃을 치는 새벽 새소리냐.
끝끝내 절망하다
세상 밖으로 뛰어내린,
요절한 시인의 부음訃音인 양 섬뜩도 하다.

허나 지금이야말로 축복의 시간.
살아온 날의 겹겹의 수치를 턱밑까지 끌어당기며
버릇처럼, 견자見者처럼
가망 없는 내일을 희망으로 치장하던
내 분주한 입과 우매한 두 귀가
잠시나마 잠든 시간!

오직 가파른 영혼의 절벽만이
한 떨기 숨을 모아 별꽃을 매다는 시간.

낙타야, 머잖아 종이 울리고
산정의 눈은 눈부신 백지 위에

뼛가루처럼 순결한 아침을 흩뿌릴 터.

지금은 다만,

끝 모를 두려움에 얼굴을 묻고

이 순간을 지킬 일만 벼리어보자꾸나.

낙엽 계급장

저 많은 낙엽 병정들은 어디서 오는 것일까.

한 때 잘나가던 직장에서
거수경례 받으며 출근하던 김씨.
지금은 아파트 경비원 되어
군청색 제복에 모자 쓰고
아침저녁 들고나는 차들에게
깍듯이 거수경례한다.

퇴직하면 한 번 재미나게 살아보리라.
세계지도 펴놓고 열심히 동그라미 치던 그!
삼년 암 투병 아내 병수발에 폭삭 늙어버렸다.
택배 심부름에 온갖 허드렛일
잠시 쉬는 시간조차 눈치 보인다며
애먼 빗자루를 들고 연신 낙엽을 쓴다.

서울 어느 아파트 경비원
제 몸 낙엽처럼 불살랐다는 소식에

입술 바싹바싹 마르고
하루하루 어깨 쳐져가는 김씨.
오늘도 낙엽 한 장 어깨 계급장으로 붙이고
낙엽이 되어 낙엽을 쓸고 있다.

낙엽 다 쓸고 나면
봄이 와 새잎 돋아나면
빗자루 잡던 그 손으로
깍듯이 경례하던 그 손으로
무슨 눈치코치를 새로 잡을까.
겨울 칼바람에 김씨의 계급장이 위태롭다.

개와 월식

참, 반질반질도 해라! 개 핥은 죽사발마냥 그 얼굴 보름달 같기만 해라! 궁상스레 청 밑 쪼그려 헐레벌레 침 흘리던 너는, 언제나 춥고 배고픈 척 얼굴 잘도 꾸몄지. 오냐 오냐! 핫도그를 던져줄게, 개뼈다귀를 던져줄게. 아니면, 뜨거운 감자를 날려주랴? 옳지 옳지! 꼬리를 흔들어라. 더 세게 흔들어라. 혓바닥보다 더 간지럽게, 앞발보다 더 공손하게. 한평생 달을 짓다보면 개도 신선 못되랴!

번들번들 보름달 발목 빠지는 골목길.

오늘은 아무개 쌍賞 뒤풀이. 침 마르게 치켜세우고 손 모자라게 명함 돌리고, 달아 달아 밝은 달아~ 술 취해 비틀거리며 집으로 간다. 컹컹 멍멍 딴청에 이불청耳不聽! 꿈속까지 따라붙는 저 개소리들! 내일이면 저들끼리 또 핥고 물어뜯으리!

세상사 어차피 둥근 구멍에 모난 말뚝박기 아닌가요? 우리 사이 보름달 놔두고 머리를 맞대든 꽁무니를 맞대든 무슨 상관이래요? 예예. 내 은가락지를 뽑아드리지요. 월계관도 씌워드리지요. 잠시만 눈 감아 주신다면,

컹컹 – 멍멍 – 사바사바娑婆娑婆 – 깜깜

　주문을 외우는데,
　막 포개지다 만 황록빛 보름달이 그만 가락지를 뽑아 활활 굴리면서, 뜨거운 감자를 휙휙 날리면서, 그딴 상 받느니 시궁창에 빠져죽겠다고 하수구에 얼굴 처박는 달, 거룩한 밤!

진주남강 물수제비

물수제비를 뜨자.
물수제비를 뜨자.

사는 일 막막하고 힘에 겨울 때
강으로 바다로 나가 물수제비를 뜨자.

닳고 그을린 우리네 가슴팍
돌멩이 하나씩 뽑아들고

힘껏 던져보자 건너가 보자.
유등천리 강낭콩꽃 논개 마음처럼

가라앉을 듯 가라앉을 듯
물 위를 뜀박질 하는

물수제비를 뜨자.
물수제비를 뜨자.

저기 보아, 저기 보아
징검다리가 없어도 잘도 건너는

닳아서 환한 우리네 버선발
닳아서 환한 우리네 날랜 사랑.

제비 날려줄 적 흥부 마음처럼
율도국 건너갈 적 길동이 마음처럼

사는 일 억울하고 마음 둘 데 없을 때
강으로 바다로 나가

물수제비를 뜨자.
물수제비를 뜨자.

깊은 방

너는 없고,
너만 가득한 방.

섬처럼 혼자 앉아
촛불을 켠다.
못 잊을 그 무엇을 찾아 나 여기 왔던가.
파도는 떠나라 자꾸 등 떠밀고
동백은 잊어라 연신 목 떨구던
비린 시절 한 토막 섬마을 포구.

길은 끝없이 갈라지다 다시 만나고
우리는 종종 부질없는 추억 속으로 미끄러진다.
어제의 맹세와 내일의 약속이 기이하게 어긋나던
갈림길 구비마다
사랑은 늘 갈고리 같은 질문들 매달고 있다.
떠나고, 떠나보내기 위해
마음 없이 했던 말
끝내 못했던 말

내 안 밧줄로 서로 엉켜 오래토록 당겨진 흔적들.

꺼억 꺼억 끊임없이 밀려오는

창밖 배 부딪는 소리

밧줄 조여지는 소리

홀로 가뭇없이 작아지는 촛불과 나 사이를

파도는 밤새 일렁이며 얼마나 집요하게 추궁했던가.

쓰린 시절 한 끝자락을 붙들고 다시 찾은 포구.

너 없이, 너를 견딘

작고 깊은 방.

꽃은 왜 피는가

한 뼘도 안 되는 키 작은 봉숭아 하나.
오늘 아침에야 보니
화단 귀퉁이 눈부시게 꽃 피웠다.

다들 먼저 꽃 피우고 씨방 터트릴 때,
겨우 손톱만한
꽃눈 달았던 놈.

보일 듯 말 듯 다른 것들 발치에서
용케 얼굴 내밀 때만 해도
저게 꽃이나 피울까 미심쩍더니,

가을 다 가기 전
끝내, 꽃 피웠다.
꽃 피자 나비 한 마리 어김없이 찾아주었다.

아, 꽃은 왜 기를 쓰고 피는가!
나비는 어찌하여 잊지 않고 오는가!

피어라, 목숨 있는 것들은 다!

크든 작든 축복은

언제나 그대 머리맡에 드리워져 있다.

명징한 슬픔

– 우포늪 낮달

물풀 틈에서 알 품던 논병아리가, 힐끔 나를 쳐다본다.
갈대 잎에서 짝짓기 중인 풍뎅이가, 힐끔 나를 쳐다본다.
늪 저만치 개구리를 삼키던 왜가리가, 힐끔 나를 쳐다본다.

'과객이 무례했소이다' 인사도 받는 둥 마는 둥
오로지 놀다, 싸우다, 먹다, 짝짓기 열심이다.

저들은 저들 일에 열심일 뿐.
나는 내 갈 길 가면 그 뿐인데,
놀라워라!

한줄기 바람에도 천만 번 몸을 뒤집는 저 노랑어리연꽃들.
선들선들 부는 비릿한 풀 향기 붉은 혓바닥 날름대는 물뱀들.
힐끔힐끔 쳐다보는 저 눈과 눈들의 촘촘한 부딪힘!

늪 가운데로 장난삼아 돌팔매를 휙 날려본다.
초록을 뚫고 푸른 하늘로 솟구치다 허공으로 까맣게 번지는 점들.

　알면 알수록, 모르면 또 모를수록

　그저 먹먹하고 아스라한 풍경들.

　우리 모두는 풍경 속에 잠시 왔다 가는 사이.

　그 인연으로 싸우다, 사랑하다, 죽는다.

　'과객이 과격過激했소이다' 짐짓 인사하고 돌아서려는데

　뒤통수로 명징하게 박혀오는 어떤 슬픔 하나.

　웅덩이에 비친 반쪽 낮달이

　힐끔, 나를 쳐다보더니

　어느새 내 발을 낚아채는 우포의 한낮.

내 안의 나라

두려움 없이 사랑이 깃드는 곳.

푸른 언덕 위 자유가 흰 구름처럼 흐르는 곳.

선한 의지가 대지의 품에서 부지런히 싹을 틔우는 곳.

정의의 강물이 실개천을 안고 대양에 당도하는 곳.

작은 목소리가 큰 목소리에 묻히지 않는 곳.

생계가 양심을 배반하지 않는 곳.

오고 가는 눈빛 속에 믿음이 자라는 곳.

말이 시가 되고 노래가 되는 곳.

조화와 질서가 지혜의 울타리로 둘러쳐진 곳.

내가 너인 그곳.

비록 내 안의 나라지만

그곳에 들기 위해 내가 가차 없이 무너져야 하는 나라!

소풍

너무 멀지도 가깝지도 않은 날에
사랑하는 이여,
우리 소풍 한 번 가자.
가볍게 짐 꾸려 기차를 타고

저 하늘 멀고 먼 곳에서 온 햇살
은빛 잔물결 한가하게 뛰노는 강변으로
물 오른 수양버들 연둣빛 띠를 두른 그 곳.
조금은 기쁘고 조금은 슬퍼서 좋은 날.

풀잎에서 이파리로 다시 귀밑머리로
쉴 새 없이 불어오는 산들바람 따라
그대는 기타치고 나는 노래 부르고
풀밭에 도시락 꺼내놓듯 부끄럼 슬쩍 내려놓고

팔베개 하고 구름도 보고
보다보면 그리움 몽실 피어오르는
어느 마음 한 자리.

슬프고, 미안코, 어여쁜 그대 얼굴 되비춰오겠지.

사랑하는 이여,

우리 소풍 한 번 가자.

조금은 슬프고 조금은 기뻐서 좋은 날.

너무 멀지도 가깝지도 않은 날에.

쉼

꽃보다 꽃 진 자리
눈길 오래 머무는 것은
벌에게 마지막 눈물 한 방울 전해 줄 적
꽃의 마음 지금에야 궁금해서라네.

살아가면서 서로가 서로에게 하지 못한 말.
그래서 더욱 가슴 문질렀을 말.
먼 곳 돌고 돌아 꽃 진 자리,
오늘은 빈 나뭇가지 걸린 초승달과 눈맞춤 하네.

아, 비밀의 화원도, 부끄러움의 곳간도 점점 비어가는 나이!

울고 싶을 땐 눈물 나지 않더니
때때로
나도 모르게
눈 가 자주 붉어진다네.

춘엽이란 이름을 가진

봄볕 따사로운 마당 한 켠.
실바람 타고 앉아
어머니 토실토실 씨감자를 고르시네.
고르면서 살금살금 졸기도 하시네.

시집살이 졸음밭에서 하얀 감자꽃 피우고 계신가.
부르면 꺼질세라
春자 葉자, 봄 이파리!
아지랑이 이불 끌어 덮어드리면,

감자싹 같은 어깨 위로
하롱 하롱 나비가 앉아
또 한 눈을 틔우려 하네.
또 한 생을 피우려 하네.

탱자울 속 참새소리

어떤 소리는 고요를 깨트리고
어떤 소리는 고요를 도드라지게 하고
어떤 소리는 고요를 깨면서 더 큰 고요를 불러온다.

한밤중 사이렌 소리는 누군가의 심장을 멎게 하고
한낮 절간 풍경소리는 누군가의 이마를 빛나게 하고
저물녘 탱자울 속 참새소리는
누군가의 귀갓길을 오래오래 붙잡아 둔다.

포롱 포롱 포로롱
쉴 새 없이 들락거리며
짹 짹 째재잭
끝도 없이 조잘거리는
수다가 유일한 저녁양식인 탱자울 속 참새 떼.

전장이든 산중이든 탱자울이든
세상 깃들어 사는 수고로움이야 매 한가지.
뾰족한 가시는 우리들 방석!

매서운 인심은 우리들 식탁!

왁자지껄 참새소리 그치자
적막강산 해 떨어지는 소리
쿵!

한 세상

한 줌의 흙
한 톨의 씨앗
한 포기의 풀
한 송이의 꽃
한 그루의 나무
한 모금의 물
한 줄기의 바람
한 떨기의 이슬
한 조각의 구름
한 벌의 옷
한 끼의 밥
한 칸의 집
한 푼의 돈
한 방울의 피
한 잔의 술
한 개피의 담배
한 알의 약
한 숨의 잠

한 통의 편지
한 장의 사진
한 자루의 연필
한 땀의 바느질
한 마디의 말
한 권의 책
한 자락의 노래
한 바탕의 웃음
한 번의 눈길
한 쌍의 연인
한 바퀴의 세상
한 방의 주먹
한 발의 총성
한 판의 승부
한 가닥의 희망
그리고 한 편의 시

하나이면서 오롯이 전부인
한 생의 벼리들이여!

사랑의 역설

한 마리 작은 나비가
한 송이 꽃 위에
사뿐히 내려앉을 때,
그 순간 일어나는 세상의 변화를
어떻게 말로 다할 수 있을까.

한 송이 꽃이
이윽고 작은 나비 한 마리를
무연히 날려 보낼 때,
그 순간 죄여오는 내밀한 슬픔을
어떻게 마음으로 전할 수 있을까.

사랑한다는 말은
그 말이 지닌 능동성과 수동성
그 불안한 동시성 때문에,
나비처럼 조마조마하고
꽃처럼 늘 어질어질하다.

2

光州

빛 속에 어둠이 있음을
가르쳐 준 도시.
어둠 속에 빛이 있음을
끝끝내 보여준 도시.

봄에 피는 들꽃 하나라도
예사로이 보지 않게 해 준
봄처녀 같은 도시.

살아있어 부끄러움을 알게 하고
푸른 하늘에 무수히도
그리운 얼굴을 새겨 넣은 도시.

하늘도 잠시 외면했다가
영원히 구원한
우리들의 찢긴 깃발의 도시.

황토보다 더 붉고

청보리보다 더 푸른

오월의

오월의 아지랑이 같은 도시.

그리운 들길

마음은 뜨거워
자꾸 떠돌고,

몸은 차가워서
이내 돌아서라.

귀밑머리 날리어 목덜미가 흰
첫 입술 그리운 들길을

시려서, 눈이 시려서
금세 울 것 같던 사람아.

너는 이 가을 푸른 항아리
무슨 수로 온종일 이고 섰느냐.

노을 속에서

갈대를 꺾어 마음이라 부르니
금세 오그리며 몸이라 하네.

풀벌레를 잡아 몸이라 부르니
폴짝 달아나며 마음이라 하네.

나는 몰라라, 모르고 싶어져라.
무얼 쥐었다, 무얼 놓았는지.

산 그림자 어룽대는 살빛 저문 강.
마음도 강물 따라 웃다 울다 흐르면

종은 울리네,
뉘우치지 않아도.

별은 나오네,
부르지도 않아도.

법은 없다

죽으란 법은 없다.

법 위에 사람 없고, 사람 위에 법 없다.
법문 속에 법 없고, 법전 속에 법 없다.
법 만드는 사람 법 지키는 법 없고
법 없이 사는 사람 잘 사는 법 없다.

법 위에 춤추는 자
법 아래 억울한 자
법대로! 법대로! 목청 높일수록
법대로 되는 법 하나 없으니

세상에는 하늘과 땅 사이 큰 그물 천라지망 있어
아무리 작은 죄라도 빠져나갈 구멍 없다는데
큰 죄는 다 빠져나가고 쭉정이 피사리만 걸리는 그물
그것도 법망이라 할 수 있겠는가.

높은 산은 깊지 않은 법이 없고

깊은 바다는 넓지 않은 법이 없건만

그물코를 제멋대로 늘였다 줄였다 하고

혹은 얕은 곳에 덫을 놓고 몰이하는 일 대명천지 빈번하거늘

아, 그래도 천만다행이런가!

법 없이 사는 사람, 죽으란 법 없으니–

변신

그 사람을 전혀 알지 못합니다.

이름은 들은 적이 있어도 만난 적은 절대 없습니다.

딱 한 번 만났는데 결코 청탁 같은 거 받지 않았습니다.

청탁은 받아도 돈은 한 푼도 받지 않았습니다.

돈은 받았지만 결코 댓가성이 없었습니다.

돈 받은 사람이 나뿐이 아닌데, 정말 억울합니다.

분명 나를 죽이려는 정치적 음모입니다.

음모와 맞서 끝까지 싸울 것입니다.

여러분 민주주의가 결코 죽지 않았다는 것을 보여줍시다.

옥고까지 치른 민주투사, 저에게 깨끗한 한 표를!

봄밤

아침 봄비에
솜털 보송보송 목련 꽃봉오리
반쯤 열렸더니,

달밤에 나와 보니
열사흘 님 그리는 달
꼭, 그만큼 피었다.

핀 꽃은 보아도 막 피어나는 꽃 본 적 없어!

달이
하루에 얼마만큼 자라는지
꽃이 한나절에 얼마만큼 벙그는지,

보아도보아도 안 보이는 것들이 날 끌어올려
달 아래 꽃그늘 아래
훌쩍 자란 내 그림자.

불일폭포에서

가슴 불타지 않으면서 불같은 시 쓰려했네.
스스로 발 묶으며 강물처럼 흐르려 했네.

오만하게도 나는, 자갈처럼 떠버릴 줄만 알고
저문 강처럼 침묵할 줄 몰랐네.

늦잠에서 깨어나 아침이슬을 노래하고
바람 없는 데 피해 앉아 태풍을 기다렸네.

오, 폭포의 엄격함이여.
내 정수리를 내려쳐라!

거품처럼 꺼지고 마는 열정과 분노.
달타령 해타령이나 하는 옹색한 정신.

섬진강 거슬러 불일폭포 앞
너 무릎에서조차 지느러미 같은 변명 늘어놓는

내 아가리를 내려쳐라!

내 정수리를 내려쳐라!

섬

몸 닿는 데까지, 마음 가는 데까지
그렇게 가 보리라.
그곳이 설령 세상의 끝일지라도.

말을 달리고 노를 저어
마침내 내가 닿은 곳은 너,
미궁의 대륙!
한 점 외로운 섬인 육체.
알몸뚱이로 흘린 내 뜨거운 땀방울은
오직 나의 신에게만 바쳐지는 감로수.

오래오래 쟁여둔 바람.
언제 터질지 모르는 겹겹의 꽃잎.
내 맨 나중 숨결을 불어넣어
불을 댕긴다.

한 모금의 담배 연기.
새처럼, 가벼운

한 모금의 욕망!

두드리면 종소리가 날 것 같은 너의 단단한 이마.
구름이 잠시 머물다 가는 너의 눈.
내 입술은 조금의 망설임도 없이
망루 같은 너의 콧등에
가볍게 인사를 한다.

어둠과 별과 바람의 고향인 네 눈은
영원의 이부자리를 향해 곱게 풀어지고,
깜빡이는 순간순간마다
물음표를 달고 있는 너의 눈꺼풀은
알맞은 순서로 커튼을 드리운다.

가을 오동잎처럼 한 잎 한 잎
네 영혼이 불빛에 날릴 때.
너는 한 마리 새였다가,
심해를 유영하는 한 마리 물고기였다가,
마침내 당겨진 활처럼
한 마리 고양이로 변한다.

이윽고 내 크고 거친 손이

네 머리칼을 쓸어 넘길 때.
불붙기 시작한 너의 귓볼은
넘실대는 파도 위의 태양처럼
고요한 바다를 뜨겁게 들척이게 한다.

서서히 타오르는 머리칼은
수 천 마리 벌을 초원에 풀어놓고
수 만 마리 뱀의 혀를 풀어놓으며
비밀을 속삭인다.

"순간이 영원이에요"

물음표를 거둔 너의 눈빛에선 순간
수많은 별이 떠올랐다 사라지고
허리는 삼각파도 몰아치는 해협인양
요동치다 잠잠해지기를 반복한다.

너의 등뼈는 회전하는 지구의 축!
오래 오래 쟁여둔 바람.
그 바람 속으로
그 바다 속으로
나는 아이처럼 바람개비를 들고 달리기 시작한다.

흩어지는 땀방울
땀방울을 굴리는 바람의 조화 속에
천상의 합창소리 은은하게 들려온다.
너의 팔과 다리
목과 얼굴
피와 살을
물어뜯는 광기의 파도!

삶과 죽음은 그 순간 하나였다! 아니,
하나를 향해 먼 곳으로부터 모아졌다.

아무 것도 없다. 빈 자리
어떤 말도,
어떤 기도도
그 닿을 곳을 몰랐다.
깊이를 알 수 없는 깊이.
그 곳에서 너는 섬처럼 솟아올라
흰 거품을 해변에 게워놓는다.

해변의 동백은 겹겹의 꽃잎으로
하얀 피를 마시고,
새들은 그 작은 부리를 움직여

최상의 노래로 화답한다.
섬이 깊은 숨을 쉴 때마다 안개가
조금씩 피어오른다.

들숨은 그녀의 탄생.
날숨은 그녀의 죽음.

시간은 말고삐처럼 풀어져
내일 아니면 모레
또는 먼 훗날 죽음의 고삐를 채울지라도
그녀는 순간을 영원 속에 알맞은 깊이로 감추고
안개 속으로 서서히 사라진다.

이 가려움

코뿔소가 씨잉 바람을 가르며 나무둥치를 들이받는 것은
코끝이 불현 듯 가려워졌기 때문이다.

벚나무가 송글 송글 꽃망울을 매달고 허공을 어루만지는 것은
뿌리가 갑자기 가려워졌기 때문이다.

이른 아침 동네 할아버지들이 나무둥치에 등을 부벼대는 것도
생이 참을 수 없이 가려워졌기 때문이다.

가려워서 잠 못 이루는 사람들
복권을 긁듯 뼛속까지 시원히 긁어보지만

긁을수록 온 몸 번져나는 꽃반점
가려움은 끝내 재울 수 없다.

하느님도 가려우신지
봄밤 대책 없이 툭툭 불거지는 저 별들 어찌할꼬!

정지비행

저것은 순리인가, 거역인가.

하늘과 땅이 공모하여 인간에게 쏜
화살의 비의.
빙 빙 창공을 선회하다, 순간
날개를 편 채 그대로 멈춘
참매 한 마리.

과녁을 향해 한껏 당겨진 시위처럼
온 산 맥박이 일시에 멈춘다.
숨은 쥐의 정수리가 뜨겁게 곤두선다.
중력을 타고 노는
저 불가사의한 혼의 비행.

보라, 날고 기는 자 위에 누가 또 있는지.

차마 물을 수 없다

한 줄 시가 밥이 되랴 돈이 되랴.

밤하늘에 꾹꾹 눌러 쓴 유서 같은 너의 시를

한 시절 쓰르라미만 쓰리게 읽다 갈 뿐!

또 가을이 온다.

가을보다 먼저 너의 역마살이 온다.

화근내를 풍기며 달리는 기차

어둔 창가에 기대

너는 지금 누군가에 엽서를 쓰고 있겠구나.

너의 창가엔 연거푸 별똥별이 떨어지고

나의 뒤뜰엔 베고니아 붉은 꽃잎이

먼 기적소리에 파르르 떨고 있을 것이다.

너의 오랜 역마살은 떠돌이 민달팽이처럼 슬퍼서

나는 다만 뜨겁게 달구어진 말을 한숨으로 내뱉으며

너의 얼굴을 차디찬 유리창에 불러낸다.

시를 쓰는 일이

누군가의 죽음을 슬퍼하는 일만 못할지라도

삶이, 삶은 달걀처럼 한순간에 툭 벗겨져버리는

이 가차 없는 폭력 앞에서

죽을 때까지 시를 쓰지 못할 것 같다는 너에게
시를 짓느니 죄를 짓겠다는 너에게
왜냐고, 왜냐고 차마 물을 수 없다.

차표를 끊어 드리고

물레를 돌리는가 싶으면
어느새 빨래를 두드리고
방아를 찧나 싶으면 깻단을 틀고

밭 매는가 싶으면 마늘종 뽑고
나무 하는가 싶으면
어느새 저녁 다 지어놓으시더니

손발이 너무 빨라
늙기도 저리 빠르셨나!

집에 가고 있다고 전화라도 할라치면
찬찬히 오라고 몇 번씩 다짐받고는
정작 상 차려놓고 동구 밖 기다리던 사람

어쩌다 아들 딸네 집
두루 사나흘 묵을 양으로
큰맘 잡수시고 나선 걸음이련만

빈 집에 쫄쫄 굶고 있을
강생이 얌생이가 자꾸 눈에 밟힌다고
이틀도 못 넘기고 휭 가버리시는

늙어서도 그 발길 도무지 따라 못 잡을
날래디 날랜
저 깨꽃차림 뒷모습!

해송 한 그루

남들 쉽게 가는 길
나만 어찌 험하게 가느냐고
애꿎은 세상만 원망했구나.

삶은
살아있는 것부터가 고통
고통인 것부터가 희망.

남해 바닷가, 깎아지른 돌 틈에
눈물겹게 뿌리 내린
해송 한 그루여!

부끄러워라!
남들 험하게 가는 길
나만 쉽게 가려 했음이.

3

가시

가시가 걸렸다.

나락매상 끝내고 어두워서야

술 취해 돌아오신 아버지.

이것저것 떼고 나니 남은 것은 커녕

빈 지개 가득

빚더미만 지더라며

육자배기 가락으로 돌아오시던 아버지 손에

무겁게 쥐어진

갈치 한 꾸러미.

그걸 먹고 목구멍에 가시가 걸렸다.

물을 들이 키고

김치를 둘둘 말아 먹어도

목에 걸린 가시는 도무지 내려가지 않았다.

그날 밤, 나는

뜬눈으로 온 몸을 비틀면서

목을 캑캑거리며 울어야 했다.

삼킬 수도,

뱉을 수도 없는,

목에 걸린 그 가시 때문에.

길을 묻는 마음

이것도 아니고
저것도 아닌 것이
외길 낭떠러지 날 몰아붙이더니,

이것도 같고
저것도 같은 것이
갈림길 한 복판 날 서성이게 하네.

가고 후회 없는 길 어디 있더냐.
사람 많은 곳 길 안보이고
길 있는 곳 사람 안보이니,

맹인 지팡이에
발등 찍힌 마음으로
길을 묻노니.

돌 속에 맺힌 꽃
- 운주사

못 이룬 꿈은 전설되어 떠도는가.
떠돌다 돌 속 스며드는가.

구름에 천불천탑 싣고
천 년을 떠돈 운주
정토로 가는 길은 멀기만 하이.

해죽이고 씰룩이며
더러 기우뚱, 더러 갸우뚱.

누더기 구름이불 덮고
한뎃잠 자는 돌부처들
눈 코 입 다 뭉개지고 팔다리는 어딜 갔나.

이따금 별똥별은 떨어져
육계엔 파란 불꽃 언뜻언뜻 피었다 지고

어디선가 들려오는 첫닭 울음소리
와불이여, 와불이시여!
그 많던 삼한 석공들 다 어디 가버렸나이까?

천불천탑 휘감은 별무리 오늘도 총총하건만
돌 속에 맺힌 꿈 언제 피우리.
돌 속에 맺힌 꽃 누가 피우리.

사람 같은 날

흙 밟고 하늘 쳐다본지 참 오랜만이다.
맨발로 땀 흘려 본지 더 오랜만이다.
말라붙은 줄 알았던 아랫도리 단번에 힘 태이는 거 보니
살갑다.

모처럼 휴일 한 때
오늘은 고향 텃밭 고추모종 심는 날.

고씨골 산비알에 솔방울 구르는 소리
골안 물도랑에 가랑잎 떠가는 소리
오롯이 밭고랑 타고 오니
새틋다.

온 몸 땀구멍이 한꺼번에 열리고
발바닥에선 뿌리가
어깻죽지에선 날개가 솟아
희한하게 가뿐하면서 묵직해지는 몸.

아, 살갑고 새틋해라.

모처럼 사람 같은 날!

석류

웃음에 소리를 없애고
그 자리 천년의 미소를 새겨 넣은
하회탈처럼.

한 노승이 파안대소하고 있다.
빛 여문 가을 초라한 절간
목탁소리는 끊이고,

은비늘 바람결에
물고기는 풍경으로
요동치는 한낮.

오!

허공에 걸린 채 깨어진 목탁!
발 아래
염주 몇 알.

영글어 제 속 허문

홍안의 노승이

막 열반에 들고 있다.

성묘 가는 길

추석 아침 공동묘지 성묘 가는 길.
갓 유치원 들어간 아들놈이 묻습니다.

아빠, 저기 계란 판처럼 생긴 게 뭐야?
저건 사람이 죽으면 묻히는 무덤.

무덤이 뭔데?
음~음, 죽은 사람이 사는 집이지.

왜 사람들이 저기 절을 해?
그동안 잘 지냈는지 인사하는 거지.

저 아줌마는 아까부터 왜 울고 있어? 아빠도 죽어?
그럼, 그럼.

나도?
사람은 언젠가 다 죽어.

치, 나 안 죽을래—— 싫어! 싫어!

아이는 그만 뽀로통해져서 저만치 뛰어갑니다. 메뚜기 떼가
아침 햇살에 눈부시게 날아오릅니다. 아내는 어린 것한테 괜한
소리 했다고 핀잔입니다. 참 호젓한 산길입니다.

어둠을 노래하라

내 이제 어둠에게 씌웠던 악의 누명을 벗겨주리라.
깨어 있는 자는 어둠 속에서도 진리의 샘물을 마셨나니
원효가 그랬고 간디가 그렇지 않았는가.
지상의 모든 깨어있는 말들은 어둠 속에서 태어났다.
과육은 빛으로 익어가고
씨앗은 어둠으로 여물어졌다.
보라,
씨앗 없는 열매가 어디 있고
어둠 없는 빛이 어디 있던가.
나는 지금껏
어둠은 빛을 갉아먹는 박쥐의 배후조종자라 생각했다.
어둠이여, 그대는
한 번도 빛과 나누어져 본 적이 없지 않은가.
한 번도 선과 나누어져 본 적도 없지 않은가.
어둠 속에서 어둠을 보라!
아무 것도 보여주지 않지만 모든 것을 간직하고 있다.

존재의 의문을 던져주는 밤이여!

창조의 기쁨과 무상함을 안겨주는 어둠이여!

한없이 깊은 눈동자로 나를 껴안는 그대여!

나는 그대 풀어 젖힌 머리칼에 머리를 묻고

그대 부르는 침묵의 노래 속에서

사랑을 느끼고 신을 깨닫는다.

사나운 짐승을 순하게 길들이고

지친 병사의 머리맡에 어머니를 불러내주는

그대 어둠이여!

나 이제 온 몸에 박힌 오해와 저주의 화살 뽑아 주리라.

사슬처럼 끌고 다니던

악의 상징 끊어주리라.

그리하여 해골바가지 빗물을 즐거이 마시리라.

그대

하늘과 땅

공기의 옷자락이여!

어떤 날

길 가다 죽은 지 얼마 안 된 작은 새 하나 보았습니다.

무슨 마음에선지 그냥 지나치지 못하고 손바닥에 올려놓고 가
만 봅니다.

너무 가벼워서 마음이 무거워옵니다.

새가 마지막 숨을 거둘 때 하늘은 잠시 기우뚱 했을까.

무슨 소리라도 들릴까, 온기라도 남았을까.

볼에도 귀에도 대어보고 쓰다듬어도 봅니다.

문제는 그 다음이었습니다.

지나쳤으면 아무 일도 없었을 것을

요걸 어쩌나

요걸 어쩌나

내 손에 들어온 이것을 어찌할 수 없어

골목을 돌고 돌아 한참을 묻을 자리 찾아 헤맸습니다.

그리고 양지바른 곳 작은 무덤 만들어

나뭇잎 한 장 깔고 흙 덮은 후

나뭇가지 하나 세워주었습니다.

지금도 그 곳을 지날 때면 작은 새 울음소리 외롭게 들려옵
니다.

어떤 날이었고,

새털같이 많은 날 중에 한 날이었습니다.

영랑 生家에서

영랑 생가엔
그 많던 모란 흔적 없고
상사화 서넛 목을 뺀 채
가버린 님을 마냥 기다리고 있었다.

돌담에 소색이는 햇발 따라
넝쿨 푸른 능소화가 담홍빛 추파 던져보지만
상사화는 강진 포구 뱃머리만 매양
쳐다보고 있었다.

모란슈퍼 모란미용실 모란사진관
영랑 간판 내건 읍네 사람 마음들
뒤뜰 장독대 돌다 마주친 누이의 마음들도
오매 단풍 들것네!

영랑이 거닐다 눈물 떨궜을 앞마당 연못엔
초가을 하늘이 슬피 이울고
우리는 모란이 피기까지 詩碑 앞에서

찬란한 슬픔만 육장 찰칵거리고 있었다.

초승달

엊저녁 초승달은 둘이 낸 손톱자국.
보고 싶다고, 나도 보고 싶다고
안팎에서 톡톡 두드린 하늘.
흩어졌다 포개지는 새초롬한 얼굴.

참으라고, 조금만 참으라고
낼모레면 가 닿을 하늘소풍.
눈웃음 살짝 지어주곤 손톱 밑에 숨은 달.
그쪽도 달 진 자리 오래오래 눈 두었으리.

촛불

남해금산 대장봉 아래
흔들바위
그 틈새에 일렁이는
촛불!
어찌하여 연꽃처럼 보이나.

흙탕 진 내 가슴은 연못
난데없이 소용돌이 일고
뭇사람 흔들고 간 흔들바위
나도
한바탕 흔들리는데

대관절 누가 밝힌 촛불이길래
이토록 큰 연꽃보시 베푸나.
흰 소복 입고
청솔가지 꺾어 흔드는 여인이여.
등신 같은, 불꽃 속 여인이여.

팽이와 달걀

미나리꽝에서 팽이를 쳐본 사람은 안다.
콜롬버스가 깬 것은 달걀이 아니라
깨트려서는 안 될 생명 원칙이란 것을
그가 달걀을 깨트려서 세웠듯
고정관념을 깨트리라고,
집에서 학교에서 직장에서 신문에서 방송에서
온통 야단법석들인데

미나리꽝에서 팽이를 쳐본 사람은 안다
콜롬버스가 깬 것은 고정관념이 아니라
믿음과 약속이란 것을
이제는 콜롬버스가 만든 고정관념을
팽이로 깨트릴 차례!

팽이는 저를 내리치는 채찍을 몸에 감고
안으로 안으로 중심을 만들어
절정의 순간 보란 듯이 빙판위에
저를 곧추 세운다.

미나리꽝에서 팽이를 치는 아이를
콜롬버스가 한 번이라도 봤다면
아메리카 원주민을 그렇게 죽였을까.
신대륙이라 불렀을까.

그의 탐험은 탐욕의 다른 이름
그의 고정관념 파괴는 생명파괴의 다른 이름
콜롬버스에게 팽이를 세워보라 하면
분명 뒤집어놓고 세웠다고 우길 것이다.

한밤중의 담배, 혹은 시

까마득한 어둠 속에서
너는 반딧불처럼 헤엄쳐 온다.
삶과 죽음을 백지장으로 갈라놓고
끝없는 번뇌의 길 열어 놓는다.
모든 고여 있는 것들 흐르게 하고
시간을 역류시키는 모래시계처럼
생로병사의 눈금을 뼈 마디마디 새겨놓는다.

가장 그윽한 빛으로
가장 깊이
내 안을 들여다보는 눈이여!
거꾸로 매달린 채 천 길 두레박 속
고통의 용암을 퍼 올리는 거미처럼
너의 따리는 늘상 해답 없는 질문만 해대는구나.

이 적요한 시간 속을
이 무변의 허공 속을
갈증으로 채우며

나는 천상의 은빛 사닥다리를 갈구하노니
그러나 이 불타는 갈증도
토해내면 결국 시꺼먼 숯덩이로 변해있을 뿐
번개를 빨아들이는 피뢰침이 되지 못한다.

애쓰지 말자, 너무 애쓰지 말자.
숱한 꿍초의 나날 흘러간다 해도
나는 오늘도 백지장 속을 날아가는
한 마리 눈이 붉은 새.

핵

악몽은 기억하고 싶지 않을 때 되살아난다.
우리가
히로시마를 기억하고 싶지 않을 때
후쿠시마를 기억하고 싶지 않을 때
악몽은 현실이 된다.

사람들은 모른다.
손톱 밑 가시 박힌 줄은 알아도
심장 타들어가는 줄은
까맣게 모른다.
아니, 모르고 싶어 한다.

한 그릇의 보신탕을 위해
한 걸음의 경제성장을 위해
그리고 신성한 국방을 위해
우리의 내일이 잿더미가 될지라도
오늘은 모르고 싶어 한다.

핵은

그 무관심을 먹고 자란다.

은폐를 먹고 다가온다.

그리하여 어느 순간엔가

우리더러 잿더미가 되라 한다.

황사

못 견디겠다는 듯
뚝, 뚝
목련 꽃잎 지고
먼지 뒤집어쓴
무학산이 돌아앉는다.

정신을 차릴수록
더 어지러워지는 세상

발끝 차이는 돌멩이에도
봄물은 올라
아지랑이 산천 몸 푸는데
어찌하여 내 마음 속
피지도 않은 꽃 무더기로 떨어지는가.

그리움은 손톱 달로 사위고
세상일 눈감고 살 일만 남아

먼지가 되어, 먼지가 되어
그대 가슴에 쌓일 수만 있다면
희뿌연 뒷골목 마산 통술집
고래고래 고함지르며
오늘은 누구와 술 한잔하지?

4

귀뚜라미

한밤중에 깨어나 소리 듣는다.
어둠 거슬러
하얀 꿈
어리석은 해몽도 떨쳐버리고

살얼음의 계절.
누구도 안부 먼저 묻지 않는
종종걸음
골목길 지나,

벽 속 구들장
바람구멍 지나 귀청까지
옴지닥지 엉켜 붙은 어둠 쓸어내며
다가서는 저 소리.

귀 뚫어라 귀뚤!

홀로 깨어 추운 밤.

내 몸을 관통하는

저

당찬 울음소리.

김칫돌

그 돌
김칫돌.

동글납작
내 머릴 쓰다듬던 손 그대로
김장독 안
묵직이 얹혀있는,

그만두시라 한사코 말려도
김치는 장독에 담아야 제맛!
기어코 단지에 담아
돌로 쿡,
고무줄 둘러 차에 실어주신 김치 단지.

베란다 한쪽 모셔두고
끼니마다 꺼내먹다 보니
이제야 알겠다.
코 끝 징 하니 김치보다 곰삭은 그 돌맛!

돌도 맛을 내다니…

꽃상여를 회상함

좀 천천히 가세나.
엎어지면 코 닿을 데
쉬엄쉬엄 가세나.
갑치며 살아봐야 제 발등 못 넘는데
길 저편 풀 냄새도 맡고
뒷산 비렁바우 눈인사도 나누고
한 번 가면 못 오는 길
쉬엄쉬엄 가세나.

어하노 넘차 어하노~

짐 벗어 둥구나무 흙 진자리 쓸어주고
우스개야 개똥아배 씨산이야 돌배나배
너도 가고 나도 가고
살아 지게등짐 죽어 꽃가마
봄이라 아지랑이 나비 너울너울
한 번 가면 못 오는 길
쉬엄쉬엄 가세나.

어하노 넘차 어하노~

닭

날개를 가졌다고 다
새라고 부를 수 있나.

부리를 가졌다고 다
새라고 부를 수 있나.

푸른 창공의 자유도 버린 채
새벽을 열어젖히는 목 놓음도 없이

땅에 붙어 먹이만 쪼는 새여!
몸집이 날개보다 더 큰 새여!

땡볕

거북등 갈라진 보도블록 위.
지렁이 몇 마리
갑골문자로 꿈틀거린다.
잔뜩 독이 오른 유리조각들
있는 각을 다 세워 쪼아 붙인다.

나무그늘 벤치에서
모서리 잠을 청하던 한 사내.
보다 못해
나뭇잎 한 장 던져주고
어디론가 사라진다.

땡볕 아래 드리운 한 잎 그늘!
화끈 달아오른다.

먼 산

술 담배 끊으시고 말 수도 부쩍 줄고
아버지 자주 먼 산 보신다.
해거름 논두렁 저만치 비켜 앉아
덩달아 나도 먼 산 본다.
개미 한 마리 살짝 발등 깨물고
어디론가 사라진다.

오래 아프다.

반디

꺼져 사라진 줄만 알았더니
살아 이 들판 이슬로 내리었구나.
긴 장마 끝 모진 가뭄
개구리 울음소리도 잦아든
이 처연한 늦여름 들판을
반디야
너는 왜 불을 켜고 이리저리 헤매이느냐.

꽁무니 따라붙던 조무래기 까까중들
모두 객지로 떠나고 꼬부랑 촌로들만 남아
깨진 장독 지키며 서로 상여 매어주는 곳
너 무엇 하려 이 불귀의 땅 다시 왔느냐.
무슨 전할 말 남아
쭉정이로 익어가는 벼이삭 부여잡고
파란 눈물 흘리고 있느냐.

반디야,
이제 돌아가거라.

호박초롱 불 밝히며 전설 수놓던
늦여름 아름답던 들판 되돌릴 수 없다면

불 꺼진 내 창 잔별도
죄다 쓸어가거라.

봄날

꽃뱀이 파리한 비늘을 세워 또아리를 틀고 있다.
갇힌 욕망을 겹겹이 풀어내며 한차례 미풍이 스쳐간다.
돌담을 은밀히 타고 넘는 도둑고양이.
발톱을 감추고 뭔가를 노리고 있다.
아, 무엇인가 훔치고 싶은 봄날!
붉은 장미 한 송이가 막 목젖에서 피고 있다.

사나흘 굶어보니

구멍이 뚫렸는지…

쪼르륵쪼르륵 배에서 소리가 납니다.
나뭇가지 물오르는 소리도 들리구요.
땅 냄새는 항문을 타고 오물오물
아침 햇살은 손가락 마디마디 만지작거려요.
저것 보세요!
철조망에도 나비가 앉아요.
개미는 더듬이로 말을 걸어오네요.
멀리서 누가 자꾸 손짓합니다.
까맣다 다시 환해지네요.
사나흘 더 굶어볼 요량입니다.
근데, 왜 굶느냐고 묻지 마세요.
왜 머리띠를 묶었냐고 묻지 마세요.
알잖아요,
알면서 물으시면 더 나쁘잖아요?
누가 알아요? 한 사나흘 굶다보면,
잔설 위 노루 똥 같이

검디 검은 똥! 한 번 속 시원히 누어질는지…

소말리아 아이

입술에 파리가 앉아도 휑한 두 눈만 깜박거릴 뿐.
선명한 갈비뼈와 풍선처럼 부푼 아랫배가
기이한 대조를 보이는
소말리아 아이는
얼핏 보면 외계인 같다.

어느 순간
죽음이 눈꺼풀에 내려앉을지,
기다리는 것은 빵이 아니라 죽음이라는 듯
그저 휑한 눈망울을 모래바닥에 굴리며
서 있는 아이.

그 아이가
인간이라는 것을 증명하는 것은
단 두 가지!
머리를 하늘에 두고 서 있다는 것과
TV가 그를 비추고 있다는 사실.

오월비

비가 내린다.
봄도 여름도 아닌 계절의 전단 속으로
저주처럼 비가 내린다.
끊일 듯 끊일 듯 다시 이어지는 비는
한밤중을 지나 새벽까지 내린다.
몇 번이나 베갯머릴 돌려야 잠이 올까.

불타는 진달래는 퍼붓는 비에도 지지 않는데
신념은 빗줄기마냥 굵었다 가늘어지기를 반복하는 밤
누가 또 끌려갔을까.
창문 너머 세상은
죽은 듯 고요하다.

비가 내린다.
가슴에도 하얀 비가 내린다.
내 잠을 훔치고 내리는 비는
사이렌 소리를 내며
창문을 두드리고 있다.

늦은 밤까지 잠 못이루는 나를 감시하면서

오랏줄 같은 비가 내린다.

우리의 젊음 너무 부끄럽지 않느냐

꽃이 아름답다 하기엔
우리의 젊음 너무 부끄럽지 않느냐.

목젖을 밀어 올리는 뜨거운 말 한마디
끝내 꽃으로 터트리지 못한다면
흙바람 속에서도 매운바람 저 춤추는 칼날 앞에서도
살뜰히 피어난 삐삐꽃 진달래에게
떳떳이 고개 들 수 있겠느냐.

오월의 꽃길을 시월의 가슴으로 걸어가는
그대 순결한 젊음이여!
보이는가?
동래산성 청태 낀 성벽 아래
타는 진달래, 그 입술의 파리한 떨림
들리는가?
장전대숲 후루루 후루루 몸 떠는 소리
가슴 문지르는 소리

지금은 절박한 시대

온 산천이 꽃불로 봉화 올리는 숨 가쁜 봄날

꽃보다 아름다운 그대 새벽 가슴이여

봄은 짧고 폭압의 여름은 벌써 머리 위에 드리었느니

가슴 불 질러 솟구치는 사랑

아무에게 주어본 절절함도 없이

저 홀로 야위어만 간다면

한 모금의 자유와

한 오라기의 밥줄을 위해

수 천 수 만 송이 팔딱이는 심장 거역한다면

끝내 내몰라라 한다면

우리의 젊음 너무 부끄럽지 않느냐.

참새는 더 이상 허수아비를 겁내지 않는다

추수 끝난 빈 들녘
올해도 참새 한 마리 쫓지 못하고
허 허 웃고 선 허수아비여.
평생 흙에 발 묻고 들판 지켜온 너는
갈바람에 후줄근히 떨고 섰는데
털갈이 할 적마다 교활해진 참새는
온 들판 껍질로 채워 놓고 풍년가를 부르는구나.
너털웃음 밀짚모자
해묵은 諧謔이여,
예수는 십자가에 못 박혀
죄 많은 인간 구원했다는데
열十字 땅에 박힌 너는
한 톨 씨앗조차 구원치 못했구나.
힘없이 어진 천성은 수모를 낳고
또 다른 虛手를 낳을 뿐
참새는 더 이상 너를 겁내지 않는다.
그 옛날 녹두빛 징소리 기억하지 못한다.
한 평 발붙일 땅이라도 지키려면

허수아비여, 늦기 전에 소리쳐라.

나, 아직, 살아, 시퍼렇다고!

하루살이 때문

모깃불 삭아 들고
새벽이슬 저리 내리도록
내 불 못 끄는 것은

하루살이 때문.

삼십 촉 전등불 칭칭 감으며
죽도록 황홀하게
춤추어대는 몇 안남은

저 하루살이 때문.

달도 그믐달
이지러진 모든 것들이
애타도록 사무쳐 오는 것은

하루살이 때문.

존재의 구심과 원심을 결속하는 속 깊은 서정

김우태의 시세계

유성호

문학평론가, 한양대학교 국문과 교수

1. 등단 30년 만의 첫 시집

김우태金又泰 시인의 첫 시집 『비 갠 아침』은, 존재의 구심적 응축과 원심적 확장 과정을 결속하여 혼신으로 노래한 심미적 언어의 도록圖錄이다. 대학 4학년 때인 1989년 서울신문 신춘문예에 당선한 시인은, 그로부터 거의 30년이 지난 시점에 첫 시집을 낸다. 그동안 지역 사회에서 다양한 활동을 하면서, 『시와생명』이라는 개성적인 시지詩誌를 1990년대 후반부터 수년간 의욕적으로 펴내기도 한 김우태 시인은, 자신의 몸속에 깃들여 있는 시인으로서의 몫을 잊지 않고 오랜 시간 성찰해온 언어들을 이번에 갈무리한 것이다. 그럼으로써 그는 자신 안에서 지워지거나 사라져버린 삶의 근원적 표지標識들을 정성 들여 탈

환하고 있다.

하지만 이러한 적공積功 과정은, 어느 순간에 작고 섬세한 감각으로 몸을 바꾸기도 하여 시인으로 하여금 삶의 비극성과 심미성 사이에서, 그리고 서정과 리얼리티 사이에서 진자운동을 하게끔 하는 기능을 떠맡기도 한다. 한쪽으로는 가장 아름다운 '시적인 것'을 구축해가고 다른 한쪽으로는 존재론적 탐색을 통해 세계와 궁극적으로 화해해가는 데 바쳐지는 김우태 시편은, 그 점에서 서정의 깊이와 리얼리티의 선명함을 동시에 보여주는 귀한 세계로 우리에게 다가온다. 그만큼 이번 시집에서 가장 먼저 눈에 들어오는 것은, 시인 특유의 근원 지향적 사유와 현실 감각이고, 그것은 앞에서 말한 존재의 구심과 원심을 결속하는 속 깊은 서정의 반영체로 나타난다고 할 수 있을 것이다. 이제 그 세계 안으로 한 걸음씩 들어가 보도록 하자.

2. 따뜻한 마음의 등가적 형상들

먼저 우리는 이번 첫 시집을 통해 김우태 특유의 절제된 언어와 심층적 삶의 경험을 내밀하게 만나게 된다. 살아가는 동안 불가피하게 생겨나는 고독이나 쓸쓸함을 부드럽게 받아들이면서 그것을 또 다른 생성적 의지로 바꾸어가는 그의 국량局量을 경험하는 것이다. 그래서 이번 시집은 시인 스스로 자신의 삶을 성찰하면서 세계를 향한 지극한 연민을 보여주는 열의와 진정성의 성취라고 할 수 있다. 또한 이번 시집은, 시인이라면 마땅히 추구할 '주변성'의 가치가 어떤 것인지를, 또한 그 가치가 투명하고 진솔한 언어로 감싸여 있을 때 얼마나 아름다울 수 있는가를 보여주는 미학적 실례로 기록될 만하다. 말하자면 시인이 취택한 어조와 작법이, 주변성을 탐구하고 사유하는 시인의 목소리를 분명하고 단단하게 담고 있는 것이다. 이는 우리가 어떤 소리도 안 들리는 길을 걸을 때 말소리가 훨씬 선명하게 들리는 이치와 같을 터인데, 우리가 김우태 시편을 읽을 때 느껴지는 고요함은 그가 낮은 목소리로 말하고 있기 때문이기도 하지만, 그가 택하는 사물이나 시의 조건이 소음과 격절된 일종의 '침묵의 소리(sound of silence)'를 거느리고 있기 때문이기도 하다. 먼저 사물의 구체성과 원형적 고요가 순간 속에서 결합한 시편을 한번 읽어보자.

비 갠 아침
어머니가 울타리에
빨래를 넌다.
간밤
논물 보고 온 아버지의 흙바지며
흰 고무신
천둥 번개에도 꿈 잘 꾼
손자 녀석 오줌바지

구멍 난 양말들이

햇살에 가지런히 널려간다.

쪼들리는 살림일수록

빨랫감은 많아

젖어 나뒹굴던 낱낱의 잡동사니

가렵고 눅눅했던

이불 속 꿈들이

줄지어 널려가는 울타리에

오이순도 넌출넌출 감겨 오른다.

빗물 빠진 마당가엔

풀새들이 눈을 뜨고

지붕 위 제비 떼 날개 말리는

비 갠 아침

어머니가 빨래를 넌다.

꺾인 팔은 바로잡고

꼬인 다리는 풀어주며

해진 목덜미

닳은 팔꿈치

오므리고 다독이면서

새옷보다 깨끗한 빨래를 넌다.

―「비 갠 아침」 전문

시인의 등단작이자 시집 표제작이기도 한 이 산뜻하고도 아름다운 시편은, 어떤 비 갠 날 아침 어머니가 울타리에 너시는 '빨래'를 통해 삶의 고단함과 깨끗함을 아울러 증언하고 소망하는 내용을 담고 있다. 어머니가 햇살에 가지런히 너시는 빨래는 "쪼들리는 살림"을 고스란히 보여주는 것들인지라, 거기에는 "젖어 나뒹굴던 낱낱의 잡동사니"도 끼어 있다. 그렇게 "가렵고 눅눅했던/이불 속 꿈들"이 널려갈 때, 울타리에는 오이순도 오르고 마당가엔 풀새들도 눈을 뜬다. 이들은 모두 "시려서, 눈이 시려서/금세 울 것 같던 사람"(「그리운 들길」)들을 은유적으로 환기하면서, 시인의 순연한 눈길을 자극한다. 마침내 어머니는 "해진 목덜미/닳은 팔꿈치"를 하나 하나 만지시면서 "꺾인 팔은 바로잡고/꼬인 다리는 풀어주며" 빨래를 너신다. 어머니의 정성스런 손길을 거친 그것들은 당연히 "새옷보다 깨끗한 빨래"일 것이다. 여기서 우리는 빨래의 모습과 어머니의 동작을 묘사하는 '가지런히/줄지어/오므리고 다독이면서'의 연쇄가 시인의 단정하고도 따뜻한 마음을 잘 나타낸다고 말할 수 있는데, 그래서 이 시편은 따뜻한 마음이 가 닿은 빨래들이 새옷보다 더 깨끗해지는 파생적 생성 과정을 더없이 잘 보여준다. 시인의 청안清安한 성정性情을 그대로 보여주는 결실이 아닐 수 없다. 그런가 하면 다음 작품도 시인의 그러한 따뜻한 마음을 그대로 전해주는 사례일 것이다.

길 가다 죽은 지 얼마 안 된 작은 새 하나 보았습니다.

무슨 마음에선지 그냥 지나치지 못하고 손바닥에 올려놓고 가만 봅니다.

너무 가벼워서 마음이 무거워옵니다.

새가 마지막 숨을 거둘 때 하늘은 잠시 기우뚱 했을까.

무슨 소리라도 들릴까, 온기라도 남았을까.

볼에도 귀에도 대어보고 쓰다듬어도 봅니다.

문제는 그 다음이었습니다.

지나쳤으면 아무 일도 없었을 것을

요걸 어쩌나

요걸 어쩌나

내 손에 들어온 이것을 어찌할 수 없어

골목을 돌고 돌아 한참을 묻을 자리 찾아 헤맸습니다.

그리고 양지바른 곳 작은 무덤 만들어

나뭇잎 한 장 깔고 흙 덮은 후

나뭇가지 하나 세워주었습니다.

지금도 그곳을 지날 때면 작은 새 울음 소리 외롭게 들려옵니다.

어떤 날이었고,

새털같이 많은 날 중에 한 날이었습니다.

—「어떤 날」 전문

시인은 어떤 햇살 좋은 날 길을 가다가 "죽은 지 얼마 안 된 작은 새 하나"를 발견한다. 그때 대상을 향한 순간적 연민이 그것을 "그냥 지나치지 못하고 손바닥에 올려놓고 가만" 보게끔 한다. 너무도 가벼운 새는 오히려 시인의 마음을 무겁게 한다. 아마도 그 '새'의 형상은, 다른 작품에서 "오늘도 낙엽 한 장 어깨 계급장으로 붙이고/낙엽이 되어 낙엽을 쓸고"(「낙엽 계급장」) 있는 주변인의 형상으로 이어지기도 했을 것이다. 여기서 시인은 '새'가 마지막 남겼을 소리며 온기를 짐작해본다. 볼에도 귀에도 대보고 손으로 쓰다듬어도 보는 모습은, 정성스럽게 빨래를 오므리고 다독이는 어머니의 손길 그대로다. 이윽고 시인은 양지바른 곳에 작은 무덤 하나를 만들어 새를 묻어주는데, 이제 "작은 새 울음 소리"가 외롭게 들려오는 그곳은 "새털같이 많은 날 중에 한 날"이었을 '어떤 날'을 순연한 연민과 동류감이 현현한 날로 기억하게끔 할 것이다. 그렇게 시인은 "지상의 모든 깨어 있는 말들은 어둠 속에"(「어둠을 노래하라」) 있음을 믿으면서, 가장 작은 것들을 사랑하는 마음을 이렇게 따뜻하게 보여준다.

우리가 잘 알듯이, 서정시에 구체적으로 나타나는 마음이란, 물리적 시간 속에 있는 것이 아니라 어떤 장면이나 사건이 지나간 다음의 사후적 흔적으로 경험되는 것이다. 그러한 마음의 흔적에 대한 섬세하고도 심미적인 반응이 말하자면 서정시의 제일의적 존재 이유일 것이다. 그래서 우리가 서정시를 통해 지나간 것들에 대한 그리움의 형식을 발견하는 것은, 서정시가 이러한 미학적 존재론을 여전히 견고하게 가지고 있기 때문이다. 이러한 서정시의 근원 지향적 속성은 물리적 유한성을 가지는 사물 혹은 그 사물이 사라진 후의 잔상殘像을 통해 나타나는데, 우리가 읽은 '빨래'와 '죽은 새'는, 그렇게 시인이 노래하는 따뜻한 마음의 등가적 형상으로 다가온 것일 터이다.

3. '시인'으로서 사유하는 삶과 시의 아름다움

이번 시집 곳곳에서 김우태 시인은 '시인'으로서의 존재론적 자의식을 거듭 고백하고 있다. 자신의 '시'와 '시쓰기'에 대해 메타적으로 사유하는 시인은, 자신에게 '시'란 존재를 가능케 하는 더없는 원질原質일 뿐만 아니라 삶 자체를 생각하게끔 해주는 호환 불가능한 행위이기도 하다는 점을 강조해간다. 결국 김우태는 '시'가 자신의 삶의 전부이며, 또 시를 통해 나아갈 삶의 마디가 자신의 미래라고 생각하는 시인이다. 이렇게 '시'로 전신全身의 기억을 가졌던 이가 어떻게 30년 동안이나 시집 발간을 유예해왔는지 궁금할 정도로 그는 '시'만 생각하는 사람이다. 다음 작품은 그러한 시인으로서의 메타적 속성을 잘 보여주는 사례이다.

시가 내리지 않는 백지는 절벽보다 캄캄하다.
새가 깃들지 않는 숲이 사막보다 적막하듯이

모래시계가 열두 번,

사막의 밤을 뒤집을 동안

한 발짝도 나아가지 못하고 떨고 섰는 낙타야!

잔뜩 짐을 진 너의 잔등은

허물어진 사원의 종루鐘樓처럼 힘겹게 솟아 있구나.

어서 가자, 산정山頂의 눈이

촛농처럼 녹아내리기 전에

젊은 날 눈부심에 무릎 꿇던 말씀의 봉우리들에

마지막 인사를 드려야 한다.

그리고 깨끗이 패배를 받아들여야 한다.

돌이키면 한 줄기 섬뜩한 광채뿐인 이 전장戰場에서

나는 얼마나 많은 말들 피 흘리게 했던가.

두렵구나.

이 한기寒氣가 두려워서

감히 숨조차 내쉴 수가 없구나.

모래바람 이는 백지 앞

마른 침을 삼키고 섰는 낙타야.

이렇듯 끈질기게 나를 불러세워 놓고

몸서리치는 고요에 얼굴을 파묻게 하는 이 누구시냐.

두렵구나.

이 고요가 두려워서

홀로 자리를 지킬 수가 없구나.

그러나 지금은

홀로 사무칠 시간.

오직 두려움으로 감당해야 할 사위四圍의 고요에

숨구멍을 내고

불 같은 혀를 봉인封印해야 한다.

— 「白紙 앞에서」 중에서

이 시의 허두에는 "백지는 나의 戰場이요, 寺院이니/鐘이 울리면 詩人은 죽고/神은 백지 속에/영원히 詩의 秘意를 감춰 두리라"라는 의미심장한 잠언이 실려 있다. '戰場/寺院'이나 '詩人/神'의 대위(對位) 속에서 얼마나 "시의 비의"가 김우태 시인의 삶을 가능하게 해 왔는지를 우리는 금방 알 수 있을 것이다. 시인은 "시가 내리지 않는 백지"는 새가 깃들이지 않는 숲처럼 적막하다고 고백하면서, 그러한 자신을 "한 발짝도 나아가지 못하고 떨고 섰는 낙타"로 비유한다. "알면 알수록, 모르면 또 모를수록/그저 먹먹하고 아스라한 풍경들"(「명징한 슬픔 – 우포늪 낮달」)이 거기 있고, "가장 그윽한 빛으로/가장 깊이/내 안을 들여다보는 눈"(「한밤중의 담배, 혹은 시」)이 거기 도사리고 있다. 그러나 시인은 "산정山頂의 눈이/촛농처럼 녹아내리기 전"에 깨끗한 패배를 받아들이면서 "홀로 사무칠 시간"에 "불 같은 혀를 봉인封印해야 한다."라고 다짐한다. "어떤 소리는 고요를 깨트리고/어떤 소리는 고요를 도드라지게 하고/어떤 소리는 고요를 깨면서 더 큰 고요를 불러"(「탱자울 속 참새소리」)오는 법인데, 그가 상상해온 사막의 고요가 이러한 기능을 문득 수행한 것이다. 그렇게 시인은 "우리가 진정 두려워해야 할 것은/말을 잃는 것이 아니라 두려움을 잃는 것"이라면서 "나는 이미 쫓기는 자의 눈빛을 노래하길 맹서한 시인"이라고 고백해간다. 그 점에서 시를 써가는 '백지'는 김우태의 전장이자 사원이 아닐 수 없을 것이다.

가슴 불타지 않으면서 불 같은 시 쓰려 했네.
스스로 발 묶으며 강물처럼 흐르려 했네.

오만하게도 나는, 자갈처럼 떠벌일 줄만 알고
저문 강처럼 침묵할 줄 몰랐네.

늦잠에서 깨어나 아침이슬을 노래하고
바람 없는 데 피해 앉아 태풍을 기다렸네.

오, 폭포의 엄격함이여.
내 정수리를 내려쳐라!

거품처럼 꺼지고 마는 열정과 분노.

달타령 해타령이나 하는 옹색한 정신.

섬진강 거슬러 불일폭포 앞

너 무릎에서조차 지느러미 같은 변명 늘어놓는

내 아가리를 내려쳐라!

내 정수리를 내려쳐라!

　　─「불일폭포에서」 전문

　김우태 시인은 자신이 쓰려고 했던 "불 같은 시"가 얼마나 오만했던 것인가를 부끄럼을 다해 성찰한다. 떠벌일 줄만 알았지 "저문 강처럼 침묵할 줄" 몰랐다는 고백이 그러한 부끄럼의 핵심으로 울려온다. 자신이 부르고 기다렸던 "아침이슬/태풍" 또한 "거품처럼 꺼지고 마는 열정과 분노./달타령 해타령이나 하는 옹색한 정신"이었을 뿐이라고 시인은 거듭 토로한다. 이때 폭포에게 자신의 정수리와 아가리를 내리치라는 일갈은, 비록 "시를 쓰는 일이/누군가의 죽음을 슬퍼하는 일만 못할지라도" (「차마 물을 수 없다」) 그것만이 "깊이를 알 수 없는 깊이"(「섬」)에 가 닿을 수 있는 유일한 길이기 때문일 것이다. 이처럼 김우태는 서정시가 각별한 수신修身과 견인을 통해 삶의 불모성을 극복하고 새로운 가능성을 꿈꾸게 하는 양식임을 믿는 시인이다. 그는 서정시가 안정된 시상을 노래하고 관념적 활력을 토설하는 데 그치는 것이 아니라, 삶의 극점에까지 이르려는 존재 생성의 의지를 가지는 양식임을 또한 믿는다. 그렇게 김우태 시편은 삶의 표면적인 감각 대신, 존재의 심층에서 일고 무너지는 삶과 시의 아름다움을 선연하게 경험케 해준다. 그것이 바로 그가 자신의 '시'와 '시쓰기'에서 발견한 경이로운 생의 이법으로 현상하고 있는 것이다.

4. 속 깊은 서정을 통한 존재론적 기원의 탐색

다음으로 우리가 접하는 이번 시집의 경개景槪는, 시인 자신의 어떤 근원에 대한 탐색 과정에 있다. 시인의 목소리는 개별적이고 단편적인 경험에 머물지 않고, 존재 일반의 매우 근원적인 탐색이라는 성격을 띤다. 원초적 상상력이라고 명명할 수 있는 감각들도 이러한 근원에 대한 믿음이 투영된 결과일 것이다. 그래서 시인이 존재의 근원을 탐색하고 추구해가는 모습은, 대상을 향한 한없는 매혹과 그리움을 가진 채 수행되기도 하지만, 시인 자신이 존재론적 기원(origin)으로 끊임없이 회귀하려는 강한 열망을 보여주기도 한다. 그 기원이 살아 있는 상징적 거소居所가 바로 그가 나고 자란 고향이 아닐까 한다.

흙 밟고 하늘 쳐다본 지 참 오랜만이다.

맨발로 땀 흘려본 지 더 오랜만이다.
말라붙은 줄 알았던 아랫도리 단번에 힘 태이는 거 보니
살갑다.

모처럼 휴일 한때
오늘은 고향 텃밭 고추 모종 심는 날.

고씨골 산비알에 솔방울 구르는 소리
골안 물도랑에 가랑잎 떠가는 소리
오롯이 밭고랑 타고 오니
새틋다.

온몸 땀구멍이 한꺼번에 열리고
발바닥에선 뿌리가
어깻죽지에선 날개가 솟아
희안하게 가뿐하면서 묵직해지는 몸.

아, 살갑고 새틋해라.
모처럼 사람 같은 날!
ㅡ「사람 같은 날」전문

시인은 모처럼 고향의 흙을 밟고 하늘을 쳐다보며 맨발로 땀

을 흘려본다. 살가운 마음으로 휴일 한때 고향 텃밭 고추 모종을 심는 것이다. 새틋하게 다가오는 "산비알에 솔방울 구르는 소리/골안 물도랑에 가랑잎 떠가는 소리"는 모두 온몸 땀구멍을 열리게 하고 발바닥과 어깻죽지에 가뿐하고도 묵직한 힘을 부여해준다. 시인은 이 노동의 날을 "모처럼 사람 같은 날!"이라고 희열에 찬 감탄사로 노래한다. 시인에게 고향이란 이렇게 살갑고도 새틋한 곳이다. 그것을 시인은 "아, 비밀의 화원도, 부끄러움의 곳간도 점점 비어가는 나이!"(「쉰」)에 느끼는 것이다. 이에 대해서는 다음의 말에 귀기울여보자.

고향은 언제나 장소 이상의 곳이죠. 그곳에 살든 안 살든 나를 있게 해준 곳이니까요. 사랑하는 부모형제와 친지들, 조상들, 다정한 이웃들의 숨결, 그리고 온갖 삶의 풍경들이 시시각각 응축되고 확장되는 원점입니다. 시인에게 고향이라는 장소는 몸의 감각을 타고 우주로 확장하는 상상의 플랫폼이자 온갖 기억의 출입구가 아닌가 생각해요.(성윤석 대담, 「시와반시 초대석」, 『시와반시』 2017. 가을.)

그렇게 그의 고향은 기억의 구심과 원심 사이에 놓여 있다. 말하자면 모처럼 시인을 '사람'으로 만들어주는 영락없는 구심적 회귀의 땅이요, 몸의 감각을 타고 먼 우주로 확장해가도록 만들어주는 원심적 상상의 발원지이기도 한 것이다. 그래서 김우태 시편은 이렇게 자신의 존재론적 기원을 찾아 거기에 신성하고 아름다운 기운을 입혀가는 언어와 다르지 않다고 할 수 있다. 그리고 그 기원의 구체적인 형식은 지상의 '어머니'와 '아버지'가 보여주신 지극한 삶을 향하기도 한다.

물레를 돌리는가 싶으면
어느새 빨래를 두드리고
방아를 찧나 싶으면 깻단을 틀고

밭 매는가 싶으면 마늘종 뽑고
나무하는가 싶으면
어느새 저녁 다 지어놓으시더니

손발이 너무 빨라
늙기도 저리 빠르셨나!

집에 가고 있다고 전화라도 할라치면
찬찬히 오라고 몇 번씩 다짐받고는
정작 상 차려놓고 동구 밖 기다리던 사람

어쩌다 아들 딸네 집
두루 사나흘 묵을 양으로
큰맘 잡수시고 나선 걸음이련만

빈 집에 쫄쫄 굶고 있을

강생이 얌생이가 자꾸 눈에 밟힌다고

이틀도 못 넘기고 휭 가버리시는

늙어서도 그 발길 도무지 따라 못 잡을

날래디 날랜

저 깨꽃차림 뒷모습!

—「차표를 끊어 드리고」 전문

이 시편은 어머니의 아스라한 외관과 흔적을 깨끗한 형상으로
잘 그려내고 있다. 어머니의 하루는 '물레'와 '빨래'와 '방아'와
'깻단' 그리고 '밭'과 '마늘종'과 '나무'와 '저녁'이라는 가파른 노
동의 연쇄로 묘사된다. 하지만 어머니는 손발이 너무 빠르셔서,
시인으로 하여금 어머니의 "날래디 날랜" 사랑을 회상할 수 있
게 해주신다. 시인은 어머니께서 여전히 정성스런 상을 빠르게
차리시고 아들을 기다리시는 모습을 각인하는가 하면, 아들 딸
네 오셨을 때는 휭 하고 빨리 가버리시는 모습을 통해 "늙어서
도 그 발길 도무지 따라 못 잡을/날래디 날랜/저 깨꽃차림 뒷모
습!"을 떠올린다. 시인이 실감 있게 복원하고자 한 '고향'의 구
체는, 이렇게 늙으셨어도 여전히 날랜 사랑을 보여주시는 '어머
니'에게서 나온다. 그러면 '아버지'는 어떠하신가.

가시가 걸렸다.

나락매상 끝내고 어두워서야

술 취해 돌아오신 아버지.

이것저것 떼고 나니 남은 것은커녕

빈 지게 가득

빚더미만 지더라며

육자배기 가락으로 돌아오시던 아버지 손에

무겁게 쥐어진

갈치 한 꾸러미.

그걸 먹고 목구멍에 가시가 걸렸다.

물을 들이키고

김치를 둘둘 말아 먹어도

목에 걸린 가시는 도무지 내려가지 않았다.

그날 밤, 나는

뜬눈으로 온 몸을 비틀면서

목을 캑캑거리며 울어야 했다.

삼킬 수도,

뱉을 수도 없는,

목에 걸린 그 가시 때문에.

　－「가시」 전문

이 시편에서 아버지는 폭음과 가난과 울음으로 점철된 모습으로 남아 계시다. 나락매상 끝내고 어두워서야 아버지가 들고 오신 "갈치 한 꾸러미"를 먹다가 목구멍에 걸린 '가시'는, 그 자체로 시인이 겪었을 삶의 어려움과 고통과 눈물을 동시에 상징한다. "빈 지게 가득/빚더미만 지더라며/육자배기 가락으로" 돌아오시던 아버지 때문에, 시인은 "뜬눈으로 온 몸을 비틀면서/목을 캑캑거리며 울어야 했다."고 기억하는 것이다. "삼킬 수도,/뱉을 수도 없는,/목에 걸린 그 가시"는 결국 아버지라는 빛이자 빚이었던 셈이다. 이렇게 김우태 시인이 바라보고 재현하는 존재의 기원으로서의 어머니와 아버지의 삶은, 시간을 따라 낡아가면서도 그 특유의 선명하고도 생생한 기운을 뿌린다.

물론 우리는 모든 기억이 또 다른 생성의 기운을 준비하는 단계라는 것을 잘 알고 있다. 그 가운데 특별히 사람의 일이 그러하여, 자신은 존재하게 해준 기원의 의미를 띤 분들의 경우, 그 기억은 충만과 결핍의 가능성을 동시에 주면서 하나의 순간 안에 커다란 상실감과 아득한 그리움을 가져다준다. 이때 우리는 소멸의 자연스러움과 아름다움을 받아들이는 넉넉한 지혜를 배우기도 하는데, 김우태 시인은 이 모든 것이 우리가 동떨어진 단독자로 살아가는 것이 아님을 알려주는 생활적 실감임을 노래해간다. 어머니와 아버지라는 기원을 통해 사라져가는 존재자들을 애정 있게 바라보고 형상화하는 것이다. 김우태 시인만의 속 깊은 서정이 발현하는 순간이 아닐 수 없다.

5. 새로운 질서를 찾아 나서는 역동적 희망

서정시는 무심하게 지나칠 법한 사물의 존재 형식을 통해 삶의 본질을 투시하고 형상화하는 예술 양식이다. 그래서 시인들이 수행하는 관찰과 표현은, 사물의 존재 형식과 삶의 본질을 유추적으로 결합시키는 작법을 지향하게 된다. 결국 시인들이 포착하는 사물의 존재 형식은 사람의 그것으로 치환되고, 존재의 심층에 가라앉은 삶의 이법에 대해 깊은 사유를 가능하게 해준다. 김우태 시인은 이러한 과정을 통해 삶의 비의에 가 닿으려는 일관된 의지를 보여주는데, 그것은 사물 속에 편재해 있는 소멸과 신생의 원리에 대한 깊은 사유를 통해 새로운 질서를 찾아 나서는 역동적인 희망으로 나타나게 된다.

한 뼘도 안 되는 키 작은 봉숭아 하나.
오늘 아침에야 보니
화단 귀퉁이 눈부시게 꽃 피웠다.

다들 먼저 꽃 피우고 씨방 터트릴 때,
겨우 손톱만 한
꽃눈 달았던 놈.

보일 듯 말 듯 다른 것들 발치에서

용케 얼굴 내밀 때만 해도
저게 꽃이나 피울까 미심쩍더니,

가을 다 가기 전
끝내, 꽃 피웠다.
꽃 피자 나비 한 마리 어김없이 찾아주었다.

아, 꽃은 왜 기를 쓰고 피는가!
나비는 어찌하여 잊지 않고 오는가!

피어라, 목숨 있는 것들은 다!
크든 작든 축복은
언제나 그대 머리맡에 드리워져 있다.
　　　　　　　—「꽃은 왜 피는가」 전문

　시인은 개화開花 과정에 서려 있는 신비로운 과정에 대해 재
차 물음으로써, 그것을 본질적인 삶의 이법으로 연결시켜간다.
이를테면 "한 뼘도 안 되는 키 작은 봉숭아 하나"가 화단 귀퉁
이에 눈부시게 피어 있는 것을 보고는, 그 "보일 듯 말 듯 다른
것들 발치에서" 용케도 꽃을 피운 존재자들의 변방성에 다시
한 번 주목한다. "겨우 손톱만 한/꽃눈"으로 꽃이나 피울까 하
고 미심쩍어 했던 시인으로서는, 기를 쓰고 피어나는 꽃을 통해

"목숨 있는 것들"의 경이로운 축복을 발견한 셈이다. "또 한 눈을 틔우려 하네./또 한 생을 피우려 하네."(「춘엽이란 이름을 가진」) 하는 감탄이 이때 가능하지 않았을까 한다. 옛부터 '홍운탁월洪雲托月'이라는 기법이 있었거니와, 이는 구름을 그려서 달을 드러나게 한다는 뜻으로 대상의 주위를 어둡게 하여 대상을 돋보이게 하는 것을 말한다. 김우태 시인은 변방에서 보이지 않을 정도의 움직임으로 존재하는 생명들을 그림으로써, 그 주인공들을 역설적으로 부조浮彫해가는 작법을 빈번하게 취한다. 그럼으로써 자신의 숨은 마음도 애틋하고 흐릿하게 드러낸다. 이처럼 김우태 시인은 '꽃'과 '나비'가 화창和唱하는 순간을 통해 스스로 삶의 엄연한 질서에 동참하면서 그것에 대한 경이를 함께 노래한다.

물수제비를 뜨자.
물수제비를 뜨자.

사는 일 막막하고 힘에 겨울 때
강으로 바다로 나가 물수제비를 뜨자.

닳고 그을린 우리네 가슴팍
돌멩이 하나씩 뽑아들고

힘껏 던져보자 건너가 보자.
유등천리 강낭콩꽃 논개 마음처럼

가라앉을 듯 가라앉을 듯
물 위를 뜀박질하는

물수제비를 뜨자.
물수제비를 뜨자.

저기 보아, 저기 보아
징검다리가 없어도 잘도 건너는

닳아서 환한 우리네 버선발
닳아서 환한 우리네 날랜 사랑.

제비 날려줄 적 흥부 마음처럼
율도국 건너갈 적 길동이 마음처럼

사는 일 억울하고 마음 둘 데 없을 때
강으로 바다로 나가

물수제비를 뜨자.

물수제비를 뜨자.

　　― 「진주 남강 물수제비」 전문

　이 시편에서는 진주 남강에서 "물수제비를 뜨자."라는 권면의 연쇄로 시를 구성했다. 사는 일이 막막하고 힘겹거나 억울하고 마음 둘 데 없을 때, 시인은 우리네 가슴에서 돌멩이 하나씩 뽑아들고 물수제비 한번 던져보자고 한다. "가라앉을 듯 가라앉을 듯/물 위를 뜀박질하는" 그것은, 삶의 난경難境을 넘어 앞으로 나아가는 비유적 표상으로 등장한다. 그렇게 "징검다리가 없어도 잘도 건너는" 형상으로서의 '물수제비'는, "닳아서 환한 우리네 날랜 사랑"을 닮아 우리로 하여금 힘차고 아름다운 마음을 가지게끔 한다. 여기 나오는 '논개'나 '흥부'나 '홍길동'의 마음이 모두 그렇게 어려움을 넘어 정점에 이른 이들의 마음일 것이다. 그렇게 삶이란 "고통인 것부터가 희망"(「해송 한 그루」)이 아니겠는가.

　말할 것도 없이, 우리는 살아가는 과정에서 매우 절실한 존재확인의 순간들을 만난다. 그 순간에 사람들은 삶의 숨겨진 뜻을 직관하고, 그 과정에서 어떤 정신적 고양을 경험한다. 시인들은 이러한 기억을 통해 역동적 희망을 일구면서 삶의 형식을 완성하려 한다. 우리는 김우태 시인의 첫 시집이 거기 바쳐지고 있고, 시인이 이번 시집을 통해 이러한 시쓰기의 과정을 완미하게 보여주었다고 해도 좋을 것이라고 생각한다.

6. 삶과 기억 속에 수많은 언어의 보석들이 남기를

늦어도 너무 늦은 김우태 시인의 첫 시집 앞에서, 우리는 오랜 시간을 견뎌온 그의 선하고도 치열한 마음을 읽고 또 읽는다. 작품마다 발화 시점의 편차가 작지 않지만, 시인은 그 다양한 시간 속에서도 비교적 일관되게 자신의 세계를 지켜왔다. 그것은 환상이나 장광설 같은 형식적 극단이나 전통적 자연 서정 같은 소재적 극단을 넘어, 자신만의 외로된 미학적 의지를 지속적으로 견지함으로써 이루어낸 아름답고도 선명한 고투였을 것이다. 그 의지란, 서정시의 본령이랄 수 있는 삶의 비극적 형식에 대한 차분한 증언과 그것을 치유하고 넘어서려는 긍정의 마음을 동시에 함축한다. 따라서 우리가 김우태 시편에서 눈여겨볼 것은, 삶의 비극성에 대한 발견 과정과 그것을 자기 삶으로 끊임없이 회귀시키는 재귀적 동선動線이라고 할 수 있을 것이다.

이제 이렇게 첫 시집을 상재한 김우태 시인이 지향해갈 최종 귀결점은 아마도 "비록 내 안의 나라지만/그곳에 들기 위해 내가 가차 없이 무너져야 하는 나라!"(「내 안의 나라」)일 것이다. 아니 어쩌면 그곳은, "살아있어 부끄러움을 알게 하고/푸른 하늘에 무수히도/그리운 얼굴을 새겨 넣은 도시"(「光州」)라는 표현이나 "꽃이 아름답다 하기엔/우리의 젊음 너무 부끄럽지 않느냐."(「우리의 젊음 너무 부끄럽지 않느냐」)라는 고백에서 보듯이, 진정성 있는 자책과 자긍自矜을 동시에 지닌 채 나아갈 그만의 시학적 진경進境이기도 할 것이다. 그래서 우리는, 존재의 구심과 원심을 결속하는 속 깊은 서정을 넘어서, 그가 다음 시집에 펼쳐갈 역동성과 심미성을 마음 깊이 기원하고 또 상상해본다. 그의 삶과 기억 속에 수많은 언어의 보석들이 미학적 결정結晶으로 남기를 소망하면서 말이다.

反詩시인선 002

- - - - - - - - -

비 갠 아침

2017년 12월 1일 초판 2쇄

지은이 김우태
펴낸이 강현국
펴낸 곳 도서출판 시와반시

2011년 10월 21일 등록(제25100-2011-000034호)
주소 대구광역시 수성구 지산로 14길 8, 101-2408호
대표전화 053)654-0027
팩스 053)622-0377
E-mail khguk92@hanmail.net
ISBN 978-89-8345-032-6 03810